世界经典童话小说书系

U0721654

魔　　宫

著者／佚名　编译／王一明 等

吉林出版集团股份有限公司｜全国百佳图书出版单位

图书在版编目（CIP）数据

魔宫／（马耳他）佚名著；王一明等编译.--长春:吉林出版集团股份有限公司，2016.12

（世界经典童话小说书系）

ISBN 978-7-5581-2115-9

Ⅰ.①魔… Ⅱ.①佚… ②王… Ⅲ.①儿童故事－作品集－世界 Ⅳ.①I18

中国版本图书馆CIP数据核字（2017）第065116号

魔宫
MOGONG

著　　者	佚　名	
编　　译	王一明 等	
责任编辑	林　丽	
封面设计	张　娜	
开　　本	16	
字　　数	3千字	
印　　张	8	
定　　价	29.80元	
版　　次	2017年8月　第1版	
印　　次	2020年10月　第4次印刷	
印　　刷	三河市嵩川印刷有限公司	
出　　版	吉林出版集团股份有限公司	
发　　行	吉林出版集团股份有限公司	
地　　址	长春市绿园区泰来街1825号	
电　　话	总编办：0431-88029858	
	发行部：0431-88029836	
邮　　编	130011	
书　　号	ISBN 978-7-5581-2115-9	

前言

QIANYAN

儿童自然单纯，本性无邪，爱默生说："儿童是永恒的弥赛亚，他降临到堕落的人间，就是为了引导人们返回天堂。"人们总是期待着保留这份童真，这份无邪本性。

每一个儿童都充满着求知的欲望，对于各种新奇的事物，都有着一种强烈的好奇心，这样在成长的过程中就不可避免地被好的或坏的事物所影响。教育的问题总是让每个父母伤透了脑筋，生怕孩子们早早地磨灭了童真，泯灭了感知美好事物的天性。童话很好地解决了这个问题，让儿童始终心存美好。

徜徉在童话的森林，沿着崎岖的小径一路向前，便会发现王子、公主、小裁缝、呆小子、灰姑娘就在我们身边，怪物、隐身帽、魔法鞋、沙精随

1

时会让我们大吃一惊。展开想象的翅膀，心游万仞，永无岛上定然满是欢乐与自由，小家伙们随心所欲地演绎着自己的传奇。或有稚童捧着双颊，遥望星空，神游天外，幻想着未知的世界，编织着美丽的梦想。那双渴望的眸子，眨呀眨的，明亮异常，即使群星都暗淡了，它也仍会闪烁不停。

童心总是相通的，一篇童话，便会开启一扇心灵之窗，透过这扇窗，让稚童得以窥探森林深处的秘密。每一篇童话都会有意无意地激发稚童的想象力和感知力，让他们在那里深刻地体验潜藏其中的幸福感、喜悦感和安全感，并且让这种体验长久地驻留在孩子的内心，滋养孩子的心灵。愿这套《世界经典童话小说书系》对儿童健康成长能起到一点儿助益，这样也算是不违出版此书的初心了。

编者

2017 年 3 月 21 日

目录
MULU

银 姑 娘

中非王国的国王有一个女儿。她有一个美丽的名字，叫伊都卵伦布拉芙吉，意思是银姑娘。国王特别宠爱女儿，对她百依百顺。处理完国务，国王最感兴趣的事儿，就是去陪她。

一天，国王处理完国务，又来到女儿身边。

"亲爱的女儿，你好吗?"国王对女儿说。

"父王，我很好。"看到国王，银姑娘立刻跑了过来，国王顺势将她抱起来。国王问她什么最美，银姑娘说森林最美，国王就带着女儿去森林，听鸟儿的歌唱，看禽兽的奔跑。

过了一天，国王又问她什么最美，银姑娘说流水最美，可国王这次因国务繁忙脱不开身，只好安排大臣带女儿去河边，倾听潺潺的流水，观看飞泻的瀑布。

还有一次，国王问她什么最美，银姑娘说田野最美，还是因为国务缠身，国王只好命令武士带女儿去田间，听庄稼的拔节声和农民锄地的唰唰声。

银姑娘每次回来后，国王都会抽空儿听她述说一天的快乐。银姑娘经常去海边，看见海鸟捉鱼，她就会兴奋地跳起来；看见渔船经过，她就会招手欢呼。所以，出海的人都很喜欢银姑娘，说只要看见银姑娘，出海就会平安。

每天同女儿见面，渐渐成了国王的习惯。一天见不到女儿，国王就会不高兴。有一次去看女儿，她出去玩儿了便没见到，国王为此很不开心。随行的大臣们都鸦雀无声，因为没人愿意在这个时候充当国王的出气筒。

在这个王国，人们生活幸福祥和，国王受到人民的敬仰和尊重。女儿的名字还是国王专门为她起的。要知道，国王可不是随意为什么人起名字的，只有她这颗掌上明珠才有这个待遇。

银姑娘渐渐学会了指使仆人，宫廷礼节如数家珍。她不仅能享用山珍海味，也能用粗茶淡饭充饥。她不仅知道宫廷的奢华，也晓得山川的广阔。父亲的关爱让她知道了很多事情，虽然生长在宫中，却知道如何在山川大道上行走，在山间小径中攀爬。这是常人做不到的，由此也可以看出国王教育女儿的良苦用心。

国王生病了，大臣们找了很多医生为他诊治，却不见好转。一天，国王觉得自己将要离开这个世界了，便叫来三个妻子。

"我把银姑娘托付给你们了，不要饿着她，也不要渴着她。遇事想不开，你们要劝导她。她任性调皮，你们要管教她，但绝不能把她卖作奴婢。不要把她当作孤儿，要把她当成亲生女儿。这就是我的临终嘱托。"躺在病榻上的国王对三个妻子说道。

她们当场表示一定按国王说的办，国王很满意。

后来国王死了，全国举行了哀悼。

国王的三个妻子对银姑娘很好，可是她们都有自己的生活方式。第一个妻子整天坐着梳头，没完没了地梳，其他事儿则不关心。另一个妻子则从早到晚地碾米，除了碾米不关心任何事情。而第三个妻子只知道玩，整天都能听到她爽朗的笑声。

大人都有自己的事儿，没有很多时间顾及银姑娘，她连个知心的朋友都没有。银姑娘感到十分寂寞，非常想念给了她无微不至关怀的父亲。

光阴荏苒，银姑娘到了出嫁的年龄。毕竟是国王的女儿，没人敢主动提亲。而国王的三个妻子，仍旧各忙各的事儿，谁也没有注意到银姑娘已经长大，到了该出嫁的年龄。

时间一天天过去了，银姑娘非常着急，害怕错过了谈婚论嫁的年龄。有一次，银姑娘派两个仆人去稻田边的河堤上，看是否有人来提亲。

两个仆人来到稻田边，看见农夫们正在耕田，左看右看，根本没有提亲的人。仆人回来对银姑娘说，没看见有提亲的人。

第二天，银姑娘又吩咐仆人去河堤守候。

"你们这回看仔细点儿，是否有人来提亲。"银姑娘嘱咐道。

两个仆人来到河堤，只见飞鸟盘旋，马儿奔跑，根本没有什么提亲的人。可是再仔细瞧看，竟然发现有两个男人正朝这边走来。这是两个王子，一个来自北国，一个来自南国。一个仆人先看到了走在前面的北国王子，另一个仆人看到了走在后面的南国王子。他们马上跑回去报信儿。

银姑娘用牛油梳抹头发，穿上新衣服。

"你们听好了，我就知道他们是在找我，分别给他们喝南瓜杯里的水和牛角杯里的水！"银姑娘吩咐两个仆人道。

两个仆人按照主人的吩咐，带上水来到河堤。一个仆人向北国王子献上了南瓜杯里的水。北国王子喝了水，顿觉神清气爽。另一个仆人也向南国王子献上了牛角杯里的水。南国王子喝了水，连夸甘甜。

这时，白云低垂，鹰儿展翅。北国王子朝城门望去，只见旌旗招展，守卫森严。

"你们可爱的公主在哪儿？快去通报，就说神圣的北国王子来拜访她。"北国王子来到城门前，对两个守卫说道，声音之大，所有的守卫都听得一清二楚。

"尊敬的王子，请进，公主在闺房里休息。"仆人为北国王子带路。

北国王子四下观望，宏伟的宫殿、威武的侍卫，此情此景让他心潮澎湃。

王宫里鲜花锦簇，流水潺潺，银姑娘的闺楼豪华典雅。

"真是富可敌国呀！"北国王子发出感叹。

"北国王子，这边请。"北国王子正欲驻足观赏，一个仆人连忙催促道。

"神圣的北国王子前来拜访公主！"北国王子向银姑娘施礼道。

北国王子向银姑娘表达了求婚的意愿。银姑娘吩咐仆人端上最精美的菜肴招待他。

为了准备这几道菜，银姑娘可是用尽了心思。菜不仅要好吃，而且要好看，银姑娘全程指点仆人烹饪。

见北国王子坐姿不雅，银姑娘心中产生了怀疑。

"仆人，上菜。"银姑娘吩咐仆人道。

仆人端上精美的菜肴，北国王子狼吞虎咽，吃得津津有味。

"这些菜烧得好吃极了！"酒足饭饱，北国王子才抬起头夸奖厨师的手艺。

"他不是真心想娶我，而是贪图我的财产，让他走吧！"银姑娘吩咐仆人道。

北国王子的吃相将他贪婪自私的本性暴露无遗。也许是菜太好吃了，他只顾吃喝，甚至没看银姑娘一眼。仆人按照主人的吩咐送走了北国王子。

北国王子一步三回头，虽不甘心，但也只好依依不舍地离开了。

不久，南国王子也来到城门前。

"尊敬的南国王子，请进。"两个仆人发出邀请。

"两个仆人啊，你们虽然长得标致大方，但我要见的却不是你们。我匆匆而来，只为一桩事，美丽的银姑娘是我一直的向往！"南国王子悠扬地唱道。

歌声时而婉转如潺潺流水，时而洪亮似恢宏高山。

"你不出面，他就要回去了。"仆人们跑去告诉公主。

银姑娘走出闺楼迎接南国王子。进门后银姑娘将他让到贵宾的位置上。

"为什么不给他端来精美的菜肴，他可是一位王子，我们尊贵的客人啊！"仆人不懂银姑娘的意思。

"不必了，我不是来吃喝的，是专程来向公主求婚的！"南国王子说道。

"美丽的公主，我亲爱的银姑娘，请不要见怪，我来这里是因为我爱你。如果你答应做我的妻子，我就留下来，否则，我立刻离开。"南国王子对银姑娘说道。

银姑娘有些犹豫不决。

"这样吧，我们去征求一下百姓们的意见。"南国王子建议道。

百姓们很高兴他们能结为夫妻。于是，银姑娘同意嫁给南国王子。他们举行了隆重的结婚典礼，从此幸福地生活在了一起。

南国王子娶了中非王国的公主银姑娘为妻，北国王子为此醋意大发。得不到银姑娘，北国王子便将一腔怒火全发泄到了南国王子身上。

他吩咐仆人将棕榈树干削尖，黑夜降临后，在银姑娘的闺楼前挖了一个陷阱，里面插满尖木棍，然后用力去敲门。

睡梦中的南国王子被敲门声惊醒。他以为是敌国攻打王宫，便打开了门查看。

外面一片漆黑，南国王子的脚刚跨过门槛，就跌进了陷阱，一根尖木棍刺中他的脚掌。南国王子迈出另一只脚，又一根尖木棍刺中了脚掌。

"来人哪，救命!"南国王子强忍剧痛呼喊道。

银姑娘听到呼喊后，立刻招来仆人，提灯出门查看。看到王子受了重伤，银姑娘不由得失声痛哭。

"爱妻，不要哭，我命中注定要遭此一劫。我伤得很重，如果死了，你可就没好日子过了。所以你必须抓紧时间把我送到我父母那里去！"南国王子用微弱的声音对银姑娘说道。

为了减少王子的痛苦，少流些血，几个仆人先把坑挖大，再下到坑里，将王子和尖木棍一起抬上来。

王子知道，只有活着回到父母身边，讲清事情真相，父母才不会追究银姑娘所在王国的责任，以避免一场战争，也让可能出现的谣言不攻自破。

南国王子身负重伤，每日疼痛万分。银姑娘亲自为他敷药疗伤，整个人都消瘦了许多。百姓们也非常关心南国王子的伤势。与其说他们关心王子，更不如说他们深深爱着银姑娘。

南国王子受伤后，宫廷内外显得死气沉沉。天上的鹰儿不见了踪影，林中的鸟儿停止了歌唱，就连河里的水也安静了许多。

银姑娘为丈夫打理行装，准备将南国王子送回到他的父母身边。

"爱妻，把你的内衣给我，我浑身是血。把你的绑腿给我，我的绑腿弄丢了。"南国王子对银姑娘说道。

南国王子穿上了银姑娘的内衣，又用绑腿将伤口包扎好，然后告诉银姑娘暂时不要去，因为会受到父母的责怪，弄不好还会丢了性命。

一切准备妥当，南国王子告别了妻子，由人护送返回南国。

南国王子走后第一天，银姑娘来找到她父亲的第一个妻子。她的这位母亲仍在不停地梳头。

"亲爱的妈妈，我是否应该去服侍王子？我怕他死了，他的亲人将来怪罪我们，因为他毕竟是在我们家受的伤。"银姑娘上前问道。

国王的这个妻子继续梳头，没有答话。

"您是我的长辈，如果您说我应该去，我马上就去看望他。"稍停了一下，银姑娘接着说道。

"你真蠢啊，他是因为不爱你，所以才离开了，别再唠叨了!"国王的这个妻子说完又开始梳理头发。

银姑娘只好悻悻离去。

第二天，银姑娘去找国王的第二个妻子。国王的第二个妻子正在忙着碾米，米粉沾了一身，像一个雪人。

"亲爱的妈妈，您看我是否应该去服侍我的丈夫?"趁着她忙碌的空当，银姑娘上前问道。

国王的第二个妻子转过身，流露出同情的眼神。

"孩子，我不知道，真的不知道该怎么做。也许你应该去，也许你不应该去。"她回答后，继续碾米。

银姑娘只好再次扫兴而归。

第三天，银姑娘又去找国王的第三个妻子，老远就听到她爽朗的笑声。

银姑娘想，她一定是在和人玩游戏呢。

见银姑娘走过来，国王的第三个妻子停下了游戏，热情地和她打招呼，还示意让她坐在自己身边。

虽然玩儿心很重，但她还是很关心银姑娘的，经常给她提出切实可行的建议。

"亲爱的妈妈，我的丈夫回父母家里去了。他的伤很重，把他的内衣和绑腿留下了，因为上面沾满了血迹。他是穿我的内衣，扎着我的绑腿走的。我是否应该去看望他？"银姑娘问。

"孩子，他很爱你，你想去就去吧。不过，这个选择会让你吃很多苦头，甚至还会蒙受苦难，所以你要三思而行啊！"国王的第三个妻子想了一会儿回答道。

银姑娘终于得到了答案。

谢过国王的第三个妻子，银姑娘回到住处。她用油抹了脸，穿上一件旧衣服，一个人上路了。不管是祸是福，她都要亲自去护理丈夫。国王生前教给她的本领，现在全派上了用场。

银姑娘走了三天三夜，一路上，她受到的惊吓，遇到的坎坷，忍受的饥饿，是常人无法想象的。

一天，银姑娘来到食人魔伊特里莫贝家，因为听说他有一种能救丈夫的灵丹妙药。为了救丈夫，即使被吃了，她也心甘情愿。此刻，她只有一个心愿，那就是无论如何也要治好丈夫的伤。

"姑娘，你从哪里来？你难道不知道这是食人魔的家吗？"食人魔的妻子吃惊地问道。

"尊敬的婆婆，这些我都知道。我到这里来，是想请求您给我一副灵丹妙药，我丈夫的伤很重。"银姑娘回答说。

"你丈夫就是那位受伤的王子？"食人魔的妻子接着问道。

"是的，就是那位伤势很重的王子。"银姑娘回答说。

食人魔的妻子为银姑娘端上饭菜，饭后又把她藏起来。她这样做不是为了保护中非王国的公主，而是为了保护这位为爱情敢于赴汤蹈火的姑娘。过了一会儿，食人魔回来了。

"怎么有人的味道，我们家来人啦？"食人魔闻了闻，开始翻箱倒柜。

"真是蠢货，你想吃人，就吃我好啦！看我怎么用烧火棍烫你！"为了阻止食人魔，妻子故意装出一副生气的样子。

食人魔终于停止了翻找，开始吃饭。

"喂，你听好了，刚才我做了一个梦，梦见王子伤势严重，所以我要解开头发弄乱，以示悲伤。"妻子对食人魔说，然后做出要解开头发的动作。她知道，食人魔最不喜欢她披头散发的样子，她这样做是想让他说出制作灵丹妙药的方法。

"如果王子死了，作为国王的百姓要整整一年披头散发，以示哀悼，所以你还是告诉我怎么制作灵丹妙药吧。"妻子接着说道。

此招果然灵验，食人魔立刻说出了制作灵丹妙药的方法。

银姑娘虽然被藏了起来，但食人魔和妻子的对话，却被她听得一清二楚。食人魔妻子的举动，也让银姑娘非常感动。

说完制作灵丹妙药的方法，食人魔就打猎去了。

"如果有人来，就留下他，等我回来吃。"食人魔提醒妻子道。

银姑娘听后吓出一身冷汗。

食人魔一走，妻子马上把银姑娘放出来。

"姑娘，我这有件老太婆穿的皮外套，你把它穿上，别人就认不出你了。"食人魔的妻子说道。

银姑娘告别了恩人，继续赶路。

她终于来到南国城门前，请守卫前去通报，说她能治好王子的伤。

国王请了很多名医，也没能治好王子的伤。而今神医竟自己来了，真是喜从天降。

"太好了，赶快请她进来！"国王命令道。

银姑娘走进王宫，此刻她俨然一副老太婆的模样。国王夫妇热情接待了她。

如果她是以银姑娘的身份出现，那么她的处境将很难预料，还是食人魔的妻子想得周全，善意的谎言有时也是必要的。

敷了灵丹妙药，王子的伤口立刻不疼了，第三天就完全好了。

为了庆祝王子康复，全城张灯结彩，载歌载舞。扮成老太婆的银姑娘也受到了国王的赏赐和款待。

银姑娘提出要见一下王子。她可是医好王子伤口的神医，所有的大门都为她开启，所有的侍卫都向她致礼。

她走到王子身边，脱下身上的皮外套。

王子紧紧拥抱住朝思暮想的爱人，高兴得流出了眼泪。他立刻把银姑娘领到父母面前，说这就是他美丽的妻子，然后又讲述了事情经过。

国王夫妇高兴极了，紧紧拥抱儿子、儿媳。从此，一家人过上了幸福美满的生活。

魔　　宫

从前有一位国王，他有一个儿子名叫菲奥尔迪南多。

王子十分好学，每天都在房间里看书，累了就走到窗前，看看外面的花草树木，然后再接着看书，只有吃饭时才肯走出房间。

国王的猎手是个年轻人，与王子年龄相仿。

"国王，您能允许我去看看王子吗？我想成为他的朋友。"猎手对国王说。

"去吧，你去看看他，也让他出来散散心。"国王高兴地答应道。

猎手急忙来到王子的房间。

"你在王宫里担任什么职务啊，怎么穿着一双长靴子？"王子疑惑地问道。

"我担任国王的猎手。"猎手回答说。

猎手向王子描述了各种各样的猎物，敏捷的鸟儿，狡猾的野兔，还有漂亮的野鸡、狍子。

"我也想去打猎，但你先别告诉我父亲，我想找个机会亲自和他说，让他同意我和你一起去打猎。"王子被猎手的话激起了兴趣。

"一切听从您的安排。"猎手回答说。

第二天吃过早饭，王子来到国王面前。

"父亲，昨天我读到一本关于狩猎方面的书，觉得很有意思，我想去打猎可以吗？"王子试探着问。

"打猎对于新手来说十分危险，但我不想打消你的积极性。我可以派我的猎手陪你去，他的打猎本领相当高强，你要寸步不离地跟着他。"国王再三嘱咐。

就这样，王子和猎手带着弓箭，骑上马，朝树林里走去。

猎手很厉害，箭无虚发，百发百中。王子跟在后面射箭，却没射中一只鸟兽。

一天过去了，猎手的袋子装得满满的，而王子连一只猎物都没打着。

傍晚，在苍茫的暮色中，王子看见灌木丛中有一只野兔，便要张弓放箭。

野兔吓得直哆嗦，王子不忍心射死它，想逮活的。他催马朝灌木丛中追去，刚要下手逮，野兔却一溜烟儿逃走了。

王子紧跟其后，当王子想要放弃的时候，野兔又远远地停下来，等王子跑近时，野兔再跑。

不知不觉中，王子离猎手越来越远，他迷了路。

王子开始喊猎手，可嗓子喊沙哑了，也没人回答。他累得要死，便坐在一棵树下休息，四周一片漆黑。

突然，王子在树丛中发现了亮光，便朝着亮光走去。林间有一片草地，草地尽头有一座华丽的宫殿。

见宫门开着，王子便走上前去。

"里面有人吗?"王子问道。无人应答。

王子走进门，只见大厅的壁炉里生着火，桌子上放着酒和杯子，就坐下来休息取暖，还喝了一点儿酒，然后起身朝另一个大厅走去，那里也有一张桌子，上面还准备了两个人的饭菜。

王子十分饥饿，见周围没人，就独自坐下大吃起来。

他刚吃了一口，就听见楼梯上传来脚步声。他转身一看，只见十二位宫女簇拥着一位女王走了过来。

女王用一块面纱遮着脸，一言不发，默默地坐在王子对面。

他们静静地吃着饭，吃饭时，女王也没揭下面纱。

吃完饭，宫女们又陪着女王上楼去了。

王子站起来，在宫殿中四处转悠，来到一间豪华的卧室，见里面有一张床，便脱去衣服睡下了。

第二天早上，王子吃完早餐，来到马厩，发现他的马也已经喂饱了。

王子骑上马，跑进树林里，整整一天都在寻找回家的路和猎手的踪迹。

天黑时，草地和宫殿又出现在他面前。他走进宫内，昨天的一切又重演了。

第三天，他再次来到树林里，终于找到了猎手。

三天来，猎手也一直在找王子。回城的路上，猎手一直询问王子这两天的情况。

面对猎手的疑问，王子只是搪塞，丝毫没有透露关于女王的消息。

回到王宫后，王子与过去简直判若两人，他的目光不再停留在书本上，而是注视着窗外的树林。

母亲见他闷闷不乐，就一再盘问，想知道他的心事。

最后，王子只好从头到尾讲了他在树林中的奇遇，并向母亲坦白，说他爱上了那个女王，但又不知道怎样才能和她结婚，因为她既不说话，也不揭开面纱。

"你再去和她一起吃晚饭，设法把她的刀叉碰落在地，她弯腰去捡时，你趁机揭下她的面纱。我敢肯定，那时她一定会开口说话的。"母亲告诉王子。

王子听从母亲的建议，立即骑马向林中跑去。

王子又来到宫殿，吃晚饭时，他故意走到女王身边碰了一下她。女王的叉子掉在地上，她弯腰去捡时，王子揭下了她的面纱。

女王的皮肤是那样洁白，眼睛是那样明亮。

"你可害死我了，如果我在你身边不出声、不摘面纱，吃过这顿饭，我就可以从妖术中解脱出来，你也将成为我的丈夫。现在我不得不到巴黎去，在那儿待八天；然后再去彼得堡，作为赛马的奖品，不知要被送给什么人。"女王被王子的举动激怒，高声喊道。

一瞬间，女王和宫殿都消失不见了。

王子回到家，一刻也不停留，拿上一袋钱，带着猎手，马不停蹄地直奔巴黎。

到了巴黎，王子和猎手在一家旅馆住下。王子顾不上休息，赶紧打听女王是否已经抵达巴黎。

"先生，请问你们这儿最近有什么新闻吗?"王子问旅馆老板。

"这里哪儿会有什么新闻啊!"老板不屑地说。

"各种各样的新闻都可以，比如战争、节日、来往的名人。"王子继续追问。

"听说有一位女王来到巴黎，已经在这儿待五天了，再过三天她就要到彼得堡去了。她是一位绝代佳人，经常参观古迹，每天都会带着十二名宫女到郊外散步。"老板回答说。

"老百姓能见到她吗?"王子急忙问道。

"当然能，她出来散步时，谁都能见到她。"老板回答说。

"好极了，您给我们准备点儿吃的东西，再加上一瓶黑葡萄酒。"王子对老板说。

正当王子与老板聊天时，老板的女儿走进屋，看见了王子。

老板的女儿也是一个美人，她的眼光非常高，拒绝了很多求婚者。当她第一眼见到王子时，就喜欢上了他，便在内心打定主意，一定要嫁给这个年轻人。

有了这个想法，她立刻把父亲拉出屋。

"父亲，我喜欢上了那个年轻人，请父亲想办法成全这段姻缘吧。"老板的女儿指着屋里的王子，对父亲说。

老板回到屋中，和王子继续聊天。

"年轻人，我们这里可是美女的出生地，希望你在巴黎过得愉快，能在这里幸运地找到一位美丽的妻子。"老板笑着说。

"谢谢您的美意，我的妻子是世界上最美丽的女王，我将一直追随着她，无论天涯海角。"王子满脸笑容地说。

老板的女儿躲在门后，听到了王子的话，十分生气。

这时，老板喊女儿去给王子拿酒。她此时正在气头上，便在酒里放了一片迷药。

王子和猎手吃完饭喝完酒，就来到郊外等待女王。

两个人突然感到头昏脑涨，倒在草地上睡着了。

过了一会儿，女王经过这里，认出了王子，就俯身喊他，但怎么也叫不醒他。

女王从手上摘下一枚钻戒，放在王子的额头上，然后离开了。

附近有个山洞，里面住着一位隐士，他在树丛中看到了一切。

女王刚一离开，隐士就悄悄来到王子身边，把他额头上的钻戒拿走了。

天黑了，王子终于醒了过来，他想了好久才回想起自己为什么在这里。他使劲儿推醒猎手，责怪酒劲儿太大，以致喝醉了没能见到女王。

第二天，王子和猎手吃饭时，又让老板拿一瓶酒来。

"今天给我们一瓶白葡萄酒吧，千万不要酒劲儿太大的。"王子一再嘱咐老板。

老板喊了他的女儿，拿来一瓶白葡萄酒。这次，老板的女儿又在酒里放了迷药。

王子和猎手来到郊外，等待女王出现，可是坐了一会儿，又倒在草地上睡着了。女王看见王子睡在草地上，怎么也推不醒他，十分伤心，剪下一绺头发，放在了王子的额头上，然后离开了。

隐士看到这一切，又偷偷拿走了女王的头发。

　　王子和猎手直到深夜才醒过来，一点儿也不知道发生过的事情。

　　这是女王在巴黎的最后一天了，王子说什么也不喝酒了，决心一定要见到她。

　　吃饭时，王子要了四张饼和两份汤，没想到老板的女儿在汤里又放了迷药。

　　他们刚来到郊外，就又睡着了。

　　女王看到王子，还是叫不醒他，伤心地哭了起来，眼里流出两滴血。

　　女王用手绢擦完眼泪，把手绢放在王子脸上，然后坐上马车，向彼得堡的方向奔去。

　　隐士从洞中出来，拿起手绢，静观事态的变化。

　　过了好久，王子醒来，暴跳如雷，后悔没能克制住自己，又睡着了。

　　这时，隐士走了过来。

　　"年轻人，你们睡着了，不能怨自己，是因为旅馆老板的女儿在你们喝的酒和汤里放了迷药。"隐士解释说。

"您是怎么知道的?"王子惊讶地看着隐士。

"我住在不远处的山洞里,用法术看到了发生的一切。"隐士回答说。

"女王连续三天来到这里,想尽办法把你弄醒,但都失败了。最后只好在你额头上留下一枚钻戒和一绺头发,最后一天她哭了,但从眼里流出的却是两滴血,她还把那个带血的手绢留给了你。我为你和女王的爱情而感动。"隐士向王子叙述着事情的经过。

"那些东西现在在哪儿?"王子急忙问道。

"我都替你保管着呢,因为这附近有很多贼,我怕他们趁你熟睡,把东西偷走。喏,全在这儿,你拿去吧。"隐士把女王留下的东西递给王子。

王子虽然十分憎恨旅店老板的女儿,可此时此刻,他的心里只有女王。

"女王已经前往彼得堡,那里将要举行赛马,你把戒指、头发和手绢绑在长矛尖上去参加比赛,一定能取得胜利,赢得女王。"隐士鼓励王子说。

王子再三感谢隐士,然后离开巴黎,直奔彼得堡。

王子及时赶到,报名参加比赛。

大名鼎鼎的骑士们带着大批随从和闪闪发光的武器,从世界各地来到彼得堡。

王子把头盔的面罩拉低,去参加比赛。

第一天,他把钻戒绑在长矛上,轻松打败了对手。

第二天,他把女王的头发绑在长矛上,又赢得了比赛。

第三天，他把手绢绑在长矛上，同样取得了胜利。

王子赢得了女王，即将成为她的丈夫。

王子摘下头盔，走到女王面前。女王认出了王子，激动地流下泪水。

王子和女王即将在彼得堡举行盛大婚礼。

遵照王子的旨意，猎手把王子的父母接到了彼得堡。

"父王、母后，这就是我解救出来的女王。"王子对父母说。

国王和王后看到王子幸福的笑容，也十分高兴。

从此，王子和女王过上了幸福美满的生活。

弟弟的宠物

　　从前有一个农夫，得了重病，临死前，把大女儿和小儿子叫到自己的床边。

　　"我快不行了，羊圈里只有三只小羊留给你们，你们要互相照顾。"农夫对两个孩子说道。

　　不久，老农夫就死了。姐弟俩住在一起，弟弟放羊，姐姐在家纺线、做饭。

　　一天，弟弟在树林里放羊，看见一个小矮个儿牵着三条狗。

　　"我用一条狗换你的一只羊怎么样？"小矮个儿提议

道。

弟弟觉得家里需要一条狗看护小羊，便同意了。

"这条狗叫什么名字？"弟弟问小矮个儿。

"断铁"。小矮个儿回答说。

回家的路上，弟弟一直担心姐姐会责怪他。

"我们要狗有什么用，如果明天你不把三只羊全给我带回来，我会让你好看！"弟弟担心的事情还是发生了，姐姐责怪他说。

弟弟虽然挨了骂，但仍然觉得家里确实需要一条狗。

第二天，弟弟又碰到了那个小矮个儿。

"我的羊快愁死了。"打过招呼后，小矮个儿对弟弟说道。

"我的狗也快愁死了。"弟弟跟着说道。

小矮个儿要求弟弟再用一只羊换他的一条狗。

"这样就只剩下一只羊，姐姐会打死我的，我哪敢再换。"听了小矮个儿的话，弟弟说道。

"你想想，只有一条狗对你有什么用，如果跑来的是两只狼，你可怎么办？"小矮个儿劝说道。

弟弟终于同意再换一条狗了，并问清楚了狗的名字叫"咬链"。

晚上，弟弟牵着一只羊和两条狗回了家。

"三只羊都带回来了吗？"姐姐问弟弟。

"是的，带回来了，不过，你不用去羊圈了，我去挤奶就行了。"弟弟没敢说实话。

姐姐不放心，还是坚持要去羊圈看看，结果可想而知，弟弟被罚当晚不准吃饭。

"你明天再不把三只羊带回来，惩罚会更重。"姐姐恐吓道。

可是第二天，弟弟在小矮个儿的劝说下，用最后一只羊换了一条叫"推墙"的狗。

弟弟没有勇气回家，只好带着"断铁""咬链""推墙"去周游世界了。

这天，弟弟在路上遇到倾盆大雨，四处寻找避雨的地方。

他在森林里发现了一座金碧辉煌的宫殿。弟弟敲门，没人来开，弟弟呐喊，没人回应。

弟弟命令叫"推墙"的狗去帮忙，"推墙"用爪子扒拉了两下，围墙就倒了。

弟弟带着狗进了宫殿，前面一排铁栅栏挡住了去路。弟弟命令叫"断铁"的狗去帮忙，"断铁"几口就把铁栅栏咬断了。

弟弟又命令叫"咬链"的狗咬断了锁门的粗铁链，他们走进了宫殿。

宫殿里没有人，华丽的壁炉上生着火，餐桌上摆着美味佳肴。

弟弟吃完饭后便休息了。

第二天一早，弟弟发现猎枪已经上了膛，马已经备好了鞍，便骑马打猎去了。

弟弟打完猎回到宫殿，发现晚饭已经做好，床铺已经重新铺过。

从此，弟弟过上了丰衣足食的生活。弟弟决定把姐姐接来，和自己一起生活。

第二天，弟弟骑着马，带着狗，穿着讲究的衣裳，回家了。

在大门口，看见姐姐正在纺纱。姐姐也看见一位漂亮的骑士正向自己走来。姐姐发现来人就是弟弟，跟在他身后的不是羊，而是三条狗，便又狠狠地骂了弟弟一顿。

"姐姐，别生气了，我是来接你去和我一起过好日子的，我们的生活再也不需要羊了。"弟弟对姐姐说。

从此，姐姐过上了富人的生活，她脑子里想什么，马上就会得到什么。可是她仍然看不上那三条狗，总要对弟弟唠叨几句狗的不好。

这天，弟弟带着狗出去打猎了，姐姐来到花园里，她看到一棵橘子树，便伸手去摘橘子。刚把橘子拿在手里，突然，从花园的深处跳出一条恶龙，张牙舞爪地向姐姐扑来。姐姐大声哭号，哀求恶龙饶命。

"是弟弟先走进这个花园的，要吃也应该先吃掉弟弟，为什么你不吃弟弟，却要吃我？"姐姐提出疑问。

"你弟弟身边有三条神奇的狗保护，我不敢吃他。"恶龙告诉姐姐。

姐姐对恶龙承诺，只要能保住自己的命，她愿意帮助恶龙对付弟弟。

恶龙听了很高兴，于是要求姐姐用铁链子把弟弟的三

条狗拴在花园围墙外边。弟弟失去了狗的保护，恶龙就可以吃弟弟了。

弟弟回家后，姐姐埋怨狗身上有臭味，便让弟弟将狗拴在外面。弟弟一向迁就姐姐，于是就把狗拴在了花园围墙外边。后来又按照姐姐的吩咐，去花园里摘橘子。

弟弟刚要摘橘子，恶龙就跳了出来。弟弟这才知道是姐姐要谋害他。

"断铁、咬链、推墙快来帮忙！"弟弟急忙喊道。

刹那间，"咬链"咬断了铁链，"断铁"咬断了铁栅栏，"推墙"推倒了围墙，三条狗救了弟弟。

弟弟伤心极了，再也不愿意跟恶毒的姐姐住在一起了。

弟弟骑着马，带着三条狗，重新开始流浪。

他来到一个王国，听说国王要把自己的独生女儿送去喂恶龙后，就对国王说愿意娶她的女儿为妻。

"我不能把女儿许配给你，因为我得把她献给可怕的恶龙，不然我的王国不会安宁。如果你能打败恶龙，我就把女儿许配给你。"国王对弟弟说。

弟弟答应了国王的要求，他带着三条狗，找到了恶龙，最终三条狗大胜恶龙，弟弟胜利归来后，国王为弟弟和公主举行了订婚仪式。

结婚的日子到了，弟弟既往不咎，把姐姐接到宫里参加他的婚礼。

姐姐要求给弟弟铺床，却在床单下面放了一把锋利的锯子，当晚弟弟被锯成两半，人们哭着把弟弟送进了教堂。

三条狗也来到教堂为弟弟守灵，看到人们都走光了，"咬链"叼出一只神奇的油膏涂在弟弟身上。弟弟神奇般地复活了。

国王把狠毒的姐姐判处了死刑。弟弟和公主过上了幸福生活。

弟弟后来继承了王位。弟弟当上国王后，三条狗便离奇地失踪了。弟弟找遍了整个王国也没找到，伤心了好一阵子。

一天，三位年轻的国王来拜访弟弟。

"老朋友还记得我们吗？"一位国王问道。

"你们可能弄错了吧？"弟弟疑惑地看着他们，不知道是怎么回事。

"那三条忠诚的狗你还记得吗？"另一位国王提醒道。

"难道你们是断铁、咬链和推墙，你们怎么会变成这样呢？"弟弟惊叫起来。

"我们三人被巫师施了魔法，变成了狗，只有帮你当上国王，魔法才能解除。"第三位国王告诉弟弟。

弟弟听了非常高兴，从此四个年轻的国王经常聚在一起，他们成了永远的好兄弟。

鸡窝里出生的王子

从前有一个修鞋的人，生了三个女儿，大女儿叫贝芭，二女儿叫尼娜，三女儿叫农齐娅。

鞋匠一天到晚忙个不停，却挣不了几个钱。

一天，妻子看到鞋匠两手空空地回到家里，便立刻发了脾气。

"你一个钱也没挣到，难道让一家人跟你一起挨饿吗?"妻子冲鞋匠嚷嚷道。

鞋匠挨了骂，只好想办法找吃的，想了半天，最后把三女儿农齐娅叫到了面前。

"农齐娅，咱俩去野外挖点儿野菜，带回来煮汤，你看好吗?"鞋匠央求女儿说。

农齐娅看到父亲很为难的样子，便提起筐和父亲一起去了。

父女俩来到野地里，农齐娅看见了一株小茴香，便伸手去拔，可是怎么拔也拔不出来。

"爸爸，这里有一株奇怪的小茴香，快过来和我一起拔!"农齐娅喊父亲来帮忙。

父女俩一起用力，小茴香终于被连根拔了出来。

"你们在找什么?"一个小伙子突然从洞里伸出来脑袋。

父女俩大吃一惊。

"我们只不过是挖点儿野菜，填饱一家人的肚子。"鞋匠回答说。

小伙子动了恻隐之心。

"我有一个办法可以让你们全家以后吃穿不愁，我现在就可以给你一袋钱。条件是留下你的女儿。"小伙子对鞋匠说。

"我怎么能用女儿换钱花!"鞋匠听了很惊讶。

"我会娶她为妻,以后让她幸福的和我生活在一起,这不是很好吗?"小伙子为了打消鞋匠的顾虑,说出了自己的理由。

在小伙子的一再劝说下,鞋匠终于同意了他的请求。

农齐娅跟着小伙子顺着地洞来到了地底下。一座豪华的住宅出现在农齐娅眼前,她仿佛进入了天堂。

农齐娅每天吃着山珍海味,穿着漂亮的衣服,活得优雅富足。美中不足的是,她很想念家里的亲人。

鞋匠因为有了钱,家里也过上了吃穿不愁的好日子。

一天,大女儿贝芭和二女儿尼娜一起央求父亲,要去看妹妹,鞋匠也想小女儿了,于是就带着两个女儿上路了。

农齐娅见到父亲和姐姐们很高兴,兴致勃勃带着他们参观地下的房间。所有房间几乎都走遍了，只有一间屋子农齐娅不敢打开。

"屋子里有什么见不得人的东西，为什么不让我们进去看看？"姐姐们指着房间好奇地问道。

"我的丈夫不让我进去，我也只好遵从他的意愿了。"农齐娅很为难地回答。

参观完房间，两个姐姐帮农齐娅梳头，却发现她的两股头发之间系着一把钥匙。大姐贝芭悄悄地告诉二姐尼娜，这把钥匙有可能打开那间奇怪的房间。

两个姐姐装着继续给农齐娅梳头，趁她不注意的时候，偷偷地解开了她头上的钥匙。

趁农齐娅不备，二人悄悄地打开了那间神秘的屋子，蹑手蹑脚地走了进去。

明亮的灯光下，有许多漂亮的女人。有的在绣花，有的在裁剪，有的在缝纫，她们一边干活，一边唱歌。

穿针引线做衣服、缝尿布，

为了即将出世的小王子……

姐妹俩开始没明白是怎么回事儿，想了半天才知道原来是妹妹要生孩子了。

"哼，咱的妹妹要生孩子了，竟然瞒着咱俩，这也太不像话了。"大姐对二姐说道。

"她一点儿亲情也不讲，咱俩得回去找她算账，让她长点记性！"二姐尼娜附和道。

姐妹俩的对话被在屋里干活的女人们听到了。女人们

的皮肤渐渐地从红色变成黄色，最后全部都变成了丑陋不堪的蜥蜴，在姐妹俩的脚前爬来爬去。

姐妹俩吓得头也不回地跑出了屋子。

农齐娅见两个姐姐惊慌失色的样子，就问她们发生了什么事儿。

"没什么，没什么，来的时间太长了，我们也该回家了。"姐妹俩支支吾吾。

任凭农齐娅怎样挽留他们，姐妹俩还是要回家。

农齐娅见她们的神色不对，心中愈发怀疑。

"到底发生了什么事儿，不说清楚谁也别想走。"农齐娅厉声问道。

见农齐娅真发火了，姐妹俩再也不敢隐瞒了。

"我们趁你不注意，偷了你发辫中的钥匙，打开了那间神秘的屋子，没想到……"大姐贝芭神色慌张。

"简直太吓人了，吓死人了！"二姐连忙接着说。

"你们可把我害惨了，要出大事儿了！"农齐娅浑身发抖地说。

农齐娅告诉两个姐姐，屋子里那些女人都是女巫，自己的丈夫本是一个王子，后来被她们施了魔法囚禁在了地下。

女巫们来到王子面前，气势汹汹地命令王子立即赶走他的妻子，一刻也不能停留。

"为什么，这段时间不是相安无事吗？"王子流着眼泪问女巫。

"别废话，这是命令"。女巫们坚决地说道。

王子只有遵从女巫的命令，来到妻子房间里。可是面对心爱的妻子，他还是很难开口，望着妻子默默流泪。

农齐娅看到丈夫伤心的样子，就问他发生了什么事情。

"我保护不了你了，你必须立即离开这所房子，这是女巫对我下的命令，不然的话，我们的后果不堪设想。"王子无奈地说道。

"都是姐姐们害了我，我能去哪里啊。"农齐娅悲伤地说道。

王子拿出一个线团交给农齐娅。

"你把线头系在门环上，让线团自己朝前滚，你跟着线团走，线团停在哪儿，你就在哪儿安家。"王子告诉农齐娅。

农齐娅最后只能按照丈夫的吩咐去做，把线团的一端拴到门环上，跟着滚动的线团向前走去。

线团滚啊滚，最后终于在一座雄伟的宫殿门口停住了。这座宫殿是水晶国王的宫殿，建造的富丽堂皇，气势非凡。

农齐娅胆怯地喊了一声，里面走出两个宫女。

"你们可怜可怜我吧，让我这个无家可归的孕妇在这儿住上一夜好吗?"农齐娅鼓起勇气哀求宫女。

宫女们发了善心，立即回宫禀报了国王和王后。

没想到国王和王后坚决不让农齐娅进宫。

农齐娅并不知道，在很多年以前，女巫们设计拐走了小王子，至今也没有下落。从此，国王和王后对任何陌生

人都有了戒心，不让他们进宫以防发生意外。

"求你们发发善心吧，我在鸡窝里住一夜也行，明天天亮就走。"见国王拒绝了自己的请求，农齐娅继续哀求宫女。

宫女们见农齐娅实在可怜，便动了恻隐之心，又回到国王和王后面前为农齐娅说情。

国王答应了农齐娅在鸡窝里过夜。

这天夜里，孤苦伶仃的农齐娅在鸡窝里生下了一个漂亮的小男孩。

女巫们得知后，同意王子去探望农齐娅。

夜里，有人来敲鸡窝的门，农齐娅知道是自己的丈夫后，为他开了门。

原来他正是多年前水晶国王失踪的王子，在女巫们的监视下来看自己的儿子。

女巫们跟着王子一起走进了鸡窝，地上铺的麦秸立刻变成了金丝编织的地毯。婴儿的摇篮和小窗也变成了金子做的。屋里一时灯火通明。

女巫们又跳又唱：

雄鸡还没有歌唱，

晨钟还没有敲响，

还有时间，还有时间……

一个宫女见此场景，立即向王后禀报了鸡窝里发生的一切。

王后来到鸡窝门口，仔细倾听。就在这时，公鸡突然啼叫了一声，瞬间，鸡窝里一片沉静，灯光也全部熄灭了。

吃早饭的时候，王后亲自给农齐娅送来了咖啡，并询问她昨天夜里发生的事情。

"我没法跟你说，我真的很为难。"农齐娅吞吞吐吐。

在王后的坚持下，农齐娅从挖野菜开始，把她和王子的经历，向王后讲了一遍。王后这才知道，农齐娅就是自己的儿媳。

夜里，女巫们带着王子又来了。女巫们跳舞，王子摇摇篮。农齐娅悄悄地告诉王子，让他想办法救他们母女。

"只要让鸡早晨别打鸣，让大钟别敲响，在窗户上蒙上一块儿绣着月亮和星星的蓝色窗帘，这样，即便天亮了，女巫门也不知道。等到太阳升起后，马上把窗帘扯下，女巫们就会变成蜥蜴逃走。"王子告诉农齐娅。

第二天，国王秘密通令全国，不许敲大钟，公鸡一律杀光，又命人做了绣着月亮和星星的蓝色窗帘。

一切准备就绪，夜里，女巫们又来到鸡窝里唱歌跳舞，王子仍旧在摇摇篮。女巫们一边望着窗户一边歌唱。

雄鸡还没有歌唱，

晨钟还没有敲响，

还有时间，还有时间……

这时，太阳已经升到半天高了。农齐娅突然扯下窗帘，在阳光的照射下，女巫们立刻变成了蜥蜴，四散逃命去了。

王子和农齐娅紧紧拥抱着赶来的国王和王后，热烈庆祝一家人的团聚。

太阳的女儿

    国王和王后婚后盼了很多年，终于盼来了一个孩子。他们叫星象家占卜孩子的性别。星象家看过天象后，说是女孩，而且在20岁之前，太阳会爱上她。

    太阳在天上，怎么能爱上他们的女儿呢？为了避免不幸的发生，国王和王后下令建了一座塔楼，把窗户修得高高的，防止女儿看见太阳。

    国王的女儿出生后，立即和奶妈一起住进了塔楼。

    奶妈的女儿和小公主同岁，两个小姑娘在塔楼里一起长大。

快满二十岁的一天，她们想象着塔楼外面的美妙世界。

"我们将两把凳子摞起来，就可以看到窗户外面的景色了。"奶妈的女儿提议说。

说干就干，她们将两把凳子摞起来，站在上面，透过窗户，终于看到了森林、河流、白鹭、云彩，当然也看见了太阳。

看见小公主，太阳立刻爱上了她。被阳光照射后，小公主怀孕了。

太阳女儿在塔楼里诞生。奶妈害怕国王发怒，便偷偷将孩子扔到了蚕豆地里。

公主满二十岁那天被接出塔楼。国王庆幸祸事终于没有发生，可是他哪里知道，太阳女儿此刻正在蚕豆地里啼哭。

邻国的国王出来打猎，路过蚕豆地时发现了太阳女儿。国王立刻被这个漂亮的娃娃迷住了，于是，将她抱回家，像对待亲生女儿一样对待太阳女儿。

国王有一个儿子，年龄和太阳女儿相仿，两个人从小一块儿长大，最终相爱了。

王子表示一定要娶太阳女儿为妻。因为小女孩是从地里捡来的，身份不明，所以国王坚决不同意。

太阳女儿被安排住进一所孤独的房子里，国王希望儿子能渐渐把她忘记。可是没人知道，太阳女儿已经掌握了魔法，能办到常人办不到的事。

太阳女儿离开不久，国王就为儿子找了一个王族出身的未婚妻，并很快为他们举行了隆重的结婚典礼。婚礼那天，太阳女儿也收到了喜糖。

大臣们敲门，太阳女儿应声出来。大臣发现她竟然没有脑袋！

"我在梳头，将头忘在梳妆台上了。"她淡淡地说，然后领大臣们进屋，将脑袋安在脖颈上。

"我该送一件礼物祝贺他们结婚。"太阳女儿说道。

太阳女儿一声令下，炉门自动打开，木柴自己添了进去。

"炉子，燃烧起来，发热后叫我！"太阳女儿对炉子说道。

"你们讲点儿有趣的事情好吗？"太阳女儿微笑着对大臣们说。

大臣们被眼前的一幕惊呆了，一时竟想不起有趣的事情。

"主人，我热了！"炉子叫了起来。

"请稍等。"太阳女儿说着钻进烧得通红的炉子里，然后捧着一张烤得金黄的馅饼走出来。

"请你们把它带给国王，在喜宴上吃。"太阳女儿对大臣们说道。

大臣们对王宫所有的人讲述了他们的见闻，尽管没人相信他们的话。坐在一旁的新娘醋意顿生，因为她知道太阳女儿曾与王子相爱过。

"没什么了不起，我也能。"她不屑一顾地说道。

王子请新娘为大家演示，将她领进厨房。

新娘命令木柴添到炉子里去，木柴不动，命令炉火燃烧起来，一个火星也没有。仆人们只好将炉子点燃。炉子烧热后，夸下海口的新娘，硬着头皮往炉子里钻，可人还没完全钻进去，就被烧死了。

过了不久，王子又要结婚了。结婚当天，大臣们又来给太阳女儿送喜糖。

他们敲了很久，也不见太阳女儿开门。

突然，太阳女儿穿过墙壁走了出来。

"请原谅，这扇门在里面打不开，我只好每天穿墙而出，从外面打开它。现在可以了，请进。"她对大臣们说。

"这回我该准备点儿什么好吃的送给王子呢？"太阳女儿将大臣们带进厨房。

"快，快，木柴快到炉子里去，把火烧起来！"她话音刚落，炉子就熊熊燃烧起来，大臣们吓得直冒冷汗。

"煎锅，到炉子上去。油，到锅里去，烧开就叫我！"太阳女儿命令道。

"主人，我烧开了！"不一会儿，烧开了的油就叫了起来。

"我来了。"太阳女儿微笑着走过去，将手伸进滚烫的油锅里，十个手指头立刻被炸成十条金黄色的鱼。

太阳女儿又重新长出十个手指，将鱼包好，递给大臣们。

第二位新娘听大臣们讲完，心里很不是滋味。

"这有什么了不起，让我来做几条鱼给你们瞧瞧！"她装出满不在乎的样子说道。

听了第二位新娘的话，王子让仆人准备好油锅。油烧开后，自负的新娘硬着头皮将手伸进油锅。随着一阵撕心的嚎叫，新娘也立刻死了。

王后听到第二位新娘的死讯，很不高兴。

"你们是怎么回事儿，每次都胡说八道，把两个新娘都害死了，这回你们开心了吧！"王后生气地对大臣们说道。

过了不久，王子又要娶第三个妻子。

结婚那天，大臣们又去给太阳女儿送喜糖。

大臣们来到太阳女儿的住处，敲了半天门，也没人回应。大臣们正在疑惑，突然传来太阳女儿的声音。

"喂，我在这儿，你们没看见？"大臣们四下张望，最后才发现太阳女儿正踩着蜘蛛网，悬在半空中。

"你们别急，我正在散步，马上就下来！" 太阳女儿说完轻巧地从蜘蛛网上走下来，接过大臣们递过来的喜糖。

"这次真不知道该送什么了。"太阳女儿一边吃着喜糖一边说道。

她突然有了主意。

"刀、刀，快来!"太阳女儿突然喊道。

一把锋利的刀立刻出现在太阳女儿手里。她举起刀，割下了自己的一只耳朵。

奇怪的是，耳朵上连着一条金丝花边，被她从脑袋里源源不断地拉出来。

她不停地拉，金丝花边也不停地延长，好像永远也拉不完似的。

花边终于被全拉了出来，太阳女儿将耳朵放回原处，用指头一抹，耳朵立刻恢复了原样。

大臣们带着金丝花边回到王宫。所有人都想知道金丝花边的来历。大臣们讲了太阳女儿割耳朵拉出金丝花边的经过。

"那有什么稀奇的，我所有衣服上的花边，都是用这种方法得到的，我现在就演示给你们看！"第三位新娘不服气地说道。

王子马上递给新娘一把刀，让她演示。新娘割下自己的耳朵，可是出来的不是花边，而是不断流淌的鲜血。这个新娘不久也死了。

王子越来越思念被国王赶走的太阳女儿。后来，他得了相思病，吃不下饭，睡不着觉，整日愁眉不展。大家不

知如何是好，于是请来了一个巫医。

"要想治好王子的病，必须给他喂一碗从播种、生长到收获只需要一天的大麦粥。"巫医说道。

国王一听，绝望了，上哪儿去找这样的大麦呀。最后他想到了法力无边的太阳女儿，便派人将她请来了。

"这种大麦，我能弄到！"太阳女儿说，然后说干就干，播种、发芽、生长、收获，直到把大麦熬成粥，前后不到一天。

太阳女儿亲手把大麦粥端给王子。王子闭目躺在床上，刚喝下一匙，就呕吐不止，粥溅到太阳女儿的眼睛里。

"太放肆啦，你居然把粥吐到了太阳女儿的眼睛里，她可是一位国王的外孙女！"大麦粥居然说话了。

"你是太阳的女儿和国王的外孙女？"站在一旁的国王吃惊地问道。

"是的，它说的没错。"太阳的女儿回答说。

"既然你不是被人遗弃的私生子，我同意你和我儿子结婚！"国王高兴地说道。

后来，太阳女儿嫁给了王子，从此两人过上了幸福美满的生活。

里昂布鲁诺奇遇记

　　渔夫出海三年，却连一条小鱼也没打着。为了养活妻子和四个儿女，他卖尽家产，仍经常乞讨度日。

　　一次，他拉上网一看，又是什么也没有，不由得大声哀怨起来。

　　突然，一个魔鬼从海里钻了出来，来到了渔夫面前。渔夫见到魔鬼，吓了一跳。

　　"你为什么发那么大的火？"魔鬼问渔夫。

　　"老天和我过不去！我天天打鱼，网网空，心情能好吗，况且我还要养活一家子人呢？"渔夫气哼哼地对魔鬼说。

"我可以满足你的愿望，让你每天都能打到很多鱼。但你必须和我签订一个协议，我才能实现你的愿望。"魔鬼对渔夫说。

原来魔鬼是要渔夫的一个儿子。渔夫听了害怕得直发抖。

"你想要我哪个儿子?"渔夫胆战心惊地问魔鬼。

"我要你还未出生的儿子。"魔鬼出人意料地告诉渔夫。

渔夫心想，妻子已经好多年没有生儿育女了，也许不会再生育了。渔夫怀着侥幸的心理答应了魔鬼提出的条件。

魔鬼告诉渔夫，当你的儿子长到十三岁时，你就要把他交给我。从今天开始，你就能打到很多鱼了。

渔夫和魔鬼签好协议后，魔鬼便消失在大海里了。

这次出海，渔夫网里装满了鳊鱼、章鱼、金枪鱼等。

渔夫第一次有了丰厚的收获，卖了很多钱，生活再不用愁了。

渔夫庆幸自己生活有了改变，终于过上了幸福的生活。

没多久，妻子真的生了一个儿子。儿子聪明可爱，渔夫给他取名叫里昂布鲁诺，并对他寄予了厚望。

这天，渔夫在海里打鱼，魔鬼又出现了。

"喂，渔夫！"魔鬼和渔夫打招呼。

"你需要我干什么？"渔夫知道没有什么好事儿，便小心地问道。

"你别忘了你的誓言，我们是签过协议的，你的儿子里昂布鲁诺是属于我的！"魔鬼提醒道。

"十三年以后儿子才归你。"渔夫吓出一身冷汗对魔鬼说。

那就等十三年以后再见了，魔鬼说完就在海里消失了。

里昂布鲁诺茁壮快乐地成长着，可渔夫心里非常痛苦。儿子不知不觉就长到了十三岁，渔夫心里盼望着魔鬼会忘掉他们的协议。

魔鬼迎面向渔夫走来，很远就和他打了招呼，并告诉渔夫，明天把他的儿子里昂布鲁诺带来。渔夫流着眼泪答应了魔鬼的要求。

父亲让里昂布鲁诺带上一篮子好吃的，中午送到海滩，自己会划着船来吃饭。

第二天，里昂布鲁诺按时去了海滩，可是左等右等，也没有见到父亲。其实渔夫是为了把他交给魔鬼才骗他来的，自己根本不会来。

里昂布鲁诺为了消磨时间，捡了一些海浪冲上来的木片和软木，摆起了小小的十字架，同时还低声哼着歌。

"你在做什么，我的孩子！"魔鬼突然出现在海面上。

里昂布鲁诺告诉魔鬼，自己是应父亲之约来这里送饭的。

　　魔鬼明白眼前的孩子就是渔夫送给自己的。

　　孩子周围摆满的十字架使魔鬼无法靠近。魔鬼恼火了，命令孩子把十字架全拿开，孩子坚决不肯。

　　魔鬼气得从眼睛、嘴、鼻子里往外喷火。孩子吓得把身边的十字架都拿开了，但仍然紧紧握着手里的十字架。

　　"快把手里的十字架也扔掉！"魔鬼继续命令孩子。

　　里昂布鲁诺这回怎么也不愿意扔掉手中的十字架。

　　魔鬼气得继续喷火，想吓唬孩子扔掉十字架。突然，一只老鹰在里昂布鲁诺的头顶上盘旋了一大圈，然后箭一般地射下来，用爪子抓住了里昂布鲁诺的肩膀，把他带到了空中。魔鬼气得火冒三丈，可也无计可施。

　　老鹰把里昂布鲁诺带到了一座高山上，然后它变成了一位非常美丽的仙女。

　　"我是阿奎丽娜，做我的丈夫好吗？"阿奎丽娜对里昂布鲁诺说道。

　　望着美丽的仙女，里昂布鲁诺愉快地答应了她的请求。

　　里昂布鲁诺和阿奎丽娜结婚后，过上了贵族般的生活。仙女们服侍他饮食起居，教给他各种技艺和武术。里昂布鲁诺因为非常想家，于是便请求阿奎丽娜允许他回家探望父母。

　　阿奎丽娜答应了他的请求，并给他年迈的父母带了许多礼物，然后又给了他一颗红宝石。

"你拿上这颗红宝石，它会满足你所有的愿望，但千万别对外人泄露我是你的妻子，年底以前一定要回来！"阿奎丽娜叮嘱里昂布鲁诺。

里昂布鲁诺回到了他久别的家乡，家乡的人们看到来了一个穿着阔绰的骑士，赶紧夹道欢迎。

里昂布鲁诺在老渔夫家的门前下了马。

"你为何上这个穷光蛋家里呢?"有几个不知趣的人问道。

里昂布鲁诺根本不理睬他们，敲开了渔夫家的房门。

开门的是里昂布鲁诺的母亲，不过她根本没有认出自己的儿子。

里昂布鲁诺没有说破身份，只是以远道而来的客人身份请求借宿。渔夫夫妇热情地接待了他。

闲聊的时候，两位老人对里昂布鲁诺说起了失去儿子的痛苦和对生活从此失去信心，致使家庭落败的事情。

里昂布鲁诺却对家里的状况毫不在意，睡在地铺上感觉到了久违的舒服。

"我的红宝石，请把这所破旧的房子变成富丽堂皇的宫殿吧，让我们的床变成世界上最柔软、最舒适的床吧！"夜深人静的时候，里昂布鲁诺对红宝石说道。转眼间，屋子里的一切都变了样。

早晨，渔夫和妻子发现他们躺在了一张十分柔软的床上。

"天啊，咱们这是在什么地方，这不是做梦吧？"渔夫不敢相信眼前的一切。

紧接着，他们发现自己是在一间豪华的房间里，昨天晚上放在椅子上的破烂衣服都变成了华服。

"我们这是到了哪里，到底怎么回事儿啊？"渔夫夫妇十分诧异。

"请不要感觉奇怪，这就是我们的家，我就是你们失散多年的儿子里昂布鲁诺，我回来了！"里昂布鲁诺说道。

就这样，渔夫夫妇与失而复得的儿子住到了一起，过了一段幸福美满的生活。

一天，里昂布鲁诺告诉两位老人，按照阿奎丽娜仙女的要求，他该离开家了。走之前，他给父母留下了一箱箱的首饰和珠宝。在与父母告别时，他承诺今后每年都会回来看望他们的。就这样夫妻二人依依不舍地送走了儿子。

回去的路上，里昂布鲁诺经过一座城市时，他发现城里贴出了一张骑马比武的告示。告示说，谁能连续三天取胜，就可以娶国王的女儿为妻。

因为里昂布鲁诺有红宝石，就想去炫耀一番，于是便参加了第一天的比武。显而易见，他打败了所有的对手。他没有暴露身份，悄然离开了。

第二天，他依旧战胜了所有的对手，然后又走掉了。第三天，国王在比武场周围布置了很多卫兵。里昂布鲁诺得胜后没有走成，被带到了国王的面前。

"你既然取得了胜利，就应该和我的女儿结婚啊，可为什么要躲开呢？难道你不愿意吗？"国王问道。

"我很愿意和国王的女儿结婚，但我已经有妻子了，而且要比公主漂亮一千倍，她正等着我回去呢。"里昂布鲁诺回答国王。

里昂布鲁诺的话在宫廷里引起了一阵骚动，公主的脸颊因激动而涨得通红，王公大臣们也在窃窃私语，议论着里昂布鲁诺的大胆和无礼。

"骑士，为了验证你说的话，你得让我们看一看你妻子究竟有多漂亮？"国王愤然地说道。

宫廷里的贵族们也纷纷随声附和，看看他是不是在说大话。

"红宝石，让阿奎丽娜出现在这里吧。"里昂布鲁诺拿出红宝石说道。

里昂布鲁诺并不知道，红宝石的魔力是阿奎丽娜仙女赋予的，红宝石对她根本不起作用。阿奎丽娜认为里昂布鲁诺拿自己在国王那里炫耀，便生气了，于是打发自己身边最难看的一个女仆去了。

阿奎丽娜最难看的女仆也长得超凡脱俗，光艳照人。国王和整个宫廷里的人看了以后都惊得目瞪口呆。

"骑士，你说的没错，你的妻子确实漂亮。"宫廷里所有的人都赞不绝口。

"你们看到的只是我妻子身边最难看的一个女仆，不知为什么被派来了！"里昂布鲁诺说。

"那快让我们看看你的妻子吧，还等什么呢？"国王一听立即提出要求。

"我的红宝石，我希望阿奎丽娜立刻出现在我的眼前。"里昂布鲁诺又对红宝石发出请求。

这一次，阿奎丽娜派来了她身边最美丽的女仆。

"这才是真正的美丽啊！她一定是你的妻子了！"见到女仆的一刹那，大伙儿一阵惊呼。

"她只是我妻子身边最美的女仆而已！"里昂布鲁诺坚决地说道。

里昂布鲁诺的妻子三番两次不肯出面，国王有些生气了。

　　"快让你真正的妻子出来吧，不许再让别人顶替她！"国王气呼呼地说道。

　　这一次，在一阵耀眼的光芒中，阿奎丽娜神采奕奕地出现在了众人面前。

　　宫廷里的显贵们被阿奎丽娜绝世的美貌惊呆了，一个个迈不动半步。公主气得泣不成声，转身就跑了。

　　阿奎丽娜走到里昂布鲁诺的身边，从他的手指上撸下了红宝石。

　　"你太无理了，我现在告诉你，你已经失去我了，除非你穿破七双铁鞋，否则别想见到我！"阿奎丽娜说完就消失了。

　　里昂布鲁诺没想到会这样，一时不知所措。

　　"原来你取胜并不是靠自己的本事，而是那颗带着魔力的红宝石在帮你。你太无耻了。"国王指着里昂布鲁诺说道。

按照国王的指示，里昂布鲁诺挨了一顿痛打，然后被人抬出宫殿，扔到了大街上。

里昂布鲁诺挣扎着站起来，强忍着伤痛朝城门口走去。突然，他听到了震耳欲聋的打铁声，他不自觉地朝铁匠铺走去。

里昂布鲁诺走进铁匠铺，要求打铁师傅给他打七双铁鞋。

"即使让你活上几百岁，你也穿不破这七双铁鞋啊。"打铁师傅觉得很奇怪。

"我付你钱就是了，快给我打鞋吧，我还要赶路呢！"里昂布鲁诺对鞋匠说。

付完钱后，里昂布鲁诺把一双铁鞋穿在脚上，六双装在行囊里，便离开了铁匠铺。天黑时，里昂布鲁诺走进一片小树林，突然听到有人争吵，原来是三个小偷因为分赃不均在吵闹。

三个小偷看到里昂布鲁诺后，请求他帮助分东西。里昂布鲁诺答应了他们的要求，并询问分什么东西。

"是一个每次能拿出一百个金币的钱袋，一双穿上能跑得比风还快的靴子和一件隐身衣。"小偷告诉里昂布鲁诺。

"如果要我来裁决，得先让我试一试。"里昂布鲁诺提出要求。

小偷们答应了他。

"钱袋，不错，能拿出一百个金币。靴子，穿起来挺舒服的，可以跑得比风快。现在我穿上隐身衣了，你们能看

见我吗?"里昂布鲁诺问道。

小偷们异口同声地回答看不见。随即,里昂布鲁诺离开了……

里昂布鲁诺骗过了三个小偷,穿着隐身衣,脚蹬魔力靴,手拿钱袋,跨越山谷,穿过田野,以比风还快的速度奔驰着。

他来到荆棘丛中一座小房子前。小房子坐落在一个阴森森的峡谷里,周围全是悬崖峭壁,高耸入云。

里昂布鲁诺走到房门前,伸手敲门。

小房子的门打开了,从里面走出一位步履蹒跚的老太太。

"年轻人,你是怎么来到这里的,来这里做什么?"老太太问里昂布鲁诺。

"我是寻找妻子阿奎丽娜才来到这里的。"里昂布鲁诺告诉老太太。

"可是,我的儿子们就要回来了,他们会吃掉你的。"

老太太无奈地说道。

"他们为什么要吃掉我，我可与他们无冤无仇啊！"里昂布鲁诺大吃一惊，禁不住问道。

"我叫伏丽亚，是风神的母亲，过一会儿我的儿子们就要回来了，他们会吃掉你的。"老太太说。

在里昂布鲁诺的哀求下，好心的老太太把里昂布鲁诺藏进了一个大箱子里。突然，天昏地暗，只听到一阵呼啸的风声由远而近，大树弯了，树枝也断了，原来是风神们驾着风回来了。里昂布鲁诺待在大箱子里非常害怕，大气儿也不敢喘。

推开屋门，走在最前面的是北风，他浑身上下都冷冰冰的，挂满了冰溜子，让人望而生畏。接下来，是西北风、东北风和西南风，他们也呼呼隆隆地进来了。

当伏丽亚最后一个儿子东南风到家的时候，大家都已经围着桌子坐好了，东南风一走进来，房间里立刻暖融融的。

"家里怎么有人肉味，我们饿极了，赶紧把他找出来吃掉!"风神们吵吵嚷嚷。

"孩子们,你们一定是饿晕了,这里连鸟儿都飞不进来,人怎么能来到这里呢,快别瞎想了,一会儿我就给你们准备吃的。"伏丽亚赶紧打岔。

伏丽亚急忙把热气腾腾的玉米粥端上了桌子,儿子们也顾不得寻找人了,狼吞虎咽地吃了起来。

"现在我们已经吃饱了,即使真有人在咱们的家里,我们也不会动他一根毫毛。"西北风说道。

"你们真的不会伤害他吗?"伏丽亚听了儿子的话,惊喜地问。

风神们纷纷肯定地回答说"不会"。

"如果你们发誓不伤害他,那么,我会让你们看到一个有血有肉的活生生的人。"伏丽亚对儿子们说道。

"咱们这里真的有人?快让我们看看,我们发誓不会伤害他!"儿子们十分惊奇,纷纷问道。

在听了风神们的保证后,里昂布鲁诺从箱子里走了出

来。他向风神们讲述了自己不幸的身世和此前一系列的遭遇，说到悲伤处几乎痛哭失声。风神们也跟着激动起来，粗重的呼吸使里昂布鲁诺几乎难以站稳。

风神们一个接一个地说，在周游世界的时候，确实没遇见过这位仙女，很遗憾帮不上忙。只有东南风默不作声。

伏丽亚觉得东南风的表现很奇怪，就问东南风知道些什么，让他赶快告诉大伙儿。

"我知道一些关于阿奎丽娜仙女的事情，现在她已经得了相思病，过得很不好，总是哭着说是丈夫出卖了她。是我在她的宫殿周围呼啸个不停，帮她寻寻开心，吹开她窗子和阳台的门，甚至有时还把她的床单吹上天空，以此来哄她高兴，这样才会减轻她的一些痛苦。"东南风说道。

里昂布鲁诺听到这里，表现出很痛苦的样子。

"请你帮帮我，告诉我去阿奎丽娜住处的路线，我就是她的丈夫，我们有些误会，我并没有背叛她。"里昂布鲁诺请求东南风说。

"去阿奎丽娜宫殿的路很艰难，我是风，没有人能跟得上我。所以我应该背着你去，可是我怎么背你呢，我只是一股看不见摸不着的空气，你会从我的身上掉下来的，这事儿可真难办！"东南风感到很为难。

"你不用为我担心，我一定会跟上你的，我有办法的。"里昂布鲁诺对东南风说。

"如果你知道了我跑得有多快，还能跟上的话，那就试一试吧，明天早晨天一亮，咱们就出发。"东南风虽有些不信，但还是答应了里昂布鲁诺。

第二天一早，里昂布鲁诺告别了善良的伏丽亚，带着钱袋、魔靴和隐身衣，同东南风一起上路了。

东南风跑在前面，不停地回头召唤里昂布鲁诺。里昂布鲁诺里面穿着魔靴、外面套着铁鞋，跟着风神飞跑。跑过一阵儿，外面套的铁鞋就被陡峭锋利的岩石磨破了。就这样，到达阿奎丽娜的宫殿时，正好磨破了七双铁鞋。

东南风对着阿奎丽娜宫殿的阳台，轻轻地吹了一口气，于是阳台的门开了，穿着隐身衣的里昂布鲁诺飞快地跳了进去。东南风完成了任务，独自离去了。

此刻的阿奎丽娜正独自躺在床上，显得闷闷不乐，心事重重。

"这些可恶的风又刮起来了，我感觉好像要死掉了。"阿奎丽娜埋怨道。

女仆端来咖啡给阿奎丽娜。

女仆端上咖啡放在了床边，却被隐身的里昂布鲁诺喝掉了。女仆以为是阿奎丽娜喝了咖啡，就又端来了可可，又被里昂布鲁诺喝掉了。接着女仆又端来了热汤和鸽子肉。

"您既然喝了咖啡和可可，说明你的胃口好些了，你可以再尝尝这些热汤和鸽子肉了，这样你的身体就会有劲儿了。"女仆说道。

正当阿奎丽娜疑惑时，里昂布鲁诺脱去了隐身衣，拿

出自己为了寻找阿奎丽娜而穿破的七双铁鞋，乞求妻子的原谅。阿奎丽娜很激动，最后原谅了丈夫，两人和好如初，又过上了幸福的生活。

太阳和月亮

国王有两个儿子，大儿子叫月亮，二儿子叫太阳。两个王子都非常聪明可爱，国王和王后都很疼爱他们。

原本一家人过着幸福的生活，可是王后却因病去世了。

此时的月亮已经十多岁了，可是太阳还很小，国王自然对太阳的关心会多一些，这却引起了月亮的嫉妒。

转眼月亮到了适婚年龄，国王便想要给他找一个合适的妻子。

听说邻国的公主长得非常漂亮，月亮便要求父亲去为他求亲。

国王皱了皱眉头，因为他听说这个公主虽然貌美，但刁蛮任性，可是月亮却坚持自己的想法。

"父王，您要知道，邻国的国王只有这么一个女儿，如果我娶她为妻，等到她父亲去世，他们的王国和财产就都属于我了。"月亮如实地说着。

听了月亮的话，国王感到十分担忧，不知儿子什么时候变得如此贪婪了。

月亮坚持要娶公主，国王也没办法，只好派使者去求亲。

很快，月亮如愿迎娶了邻国的美丽公主。

尽管公主任性刁蛮，但她和月亮婚后的生活还算幸福，两个人一心谋划着等到他们的父王过世，他们将得到整个王国和大量财产。一想到这些，他们就忍不住要笑出声来。

"不过，我可不喜欢你的弟弟太阳。"公主对月亮说。

"其实我也不喜欢他，但是父王非常宠爱他，还常常夸赞他聪明善良。"月亮有些嫉妒地说。

"所以我们现在必须对他好点儿，不然父王不开心，对我们也没有什么好处。"公主提醒道。

此时的太阳已经十岁了，他既聪明又善良，王宫里除了月亮夫妻，其他人都喜欢这个小王子。太阳在父亲的呵护下，健康成长。

可惜好景不长，国王身体越来越差，最终病倒了。国王预感到自己将不久于人世，便将月亮和太阳都叫到病榻

前。

"我很快就要离开人世了，我死后，王国和财产要一分为二，你们兄弟二人各得一半。"父亲用虚弱的声音说。

国王看了看还未成年的太阳。这个儿子是他一直放心不下的。

为了能够让太阳健康成长，国王决定将他托付给月亮。

国王认为他们终归是亲兄弟，月亮应该会好好照顾弟弟的。

"分给太阳的那一半王国和财产，你先帮他代管，等到他成年之后，就归还给他。"国王语重心长地对月亮说。

听到父亲这样说，月亮心里乐开了花，本来他还想着要怎样将弟弟的那份遗产骗到手，现在不用费力，这份财产就归自己所有了。

"我会照顾好弟弟，等他成年之后，就会把他应得的一切都还给他的，您放心吧。"月亮努力地做出真诚的样子说道。

听到这样的承诺，国王才放下心来。不久之后，国王便过世了。

按照父王的安排，太阳住进了哥哥月亮的宫殿，让他没想到的是，他的苦日子开始了。

因为想念父亲，太阳总是闷闷不乐，月亮和他的妻子却常常因为这件事儿而责备太阳。

"你怎么总是苦着脸？我们给你吃、给你穿，难道对你还不够好吗？"月亮生气地说道。

渐渐地，月亮和妻子对待太阳就像对待奴仆一样了，他们给太阳吃剩下的馊饭菜，穿破衣服，稍不如意就会打骂太阳。

月亮宫中的仆人都很同情太阳，可是他们害怕月亮，谁也不敢帮太阳求情。

太阳就在这样的环境下慢慢长大。成年后，他便想摆脱这种寄人篱下的生活，就来到月亮面前，想要回自己应得的财产。

"父王去世时什么遗言都没留下，我是他的长子，所以父王的一切都应该由我来继承。"月亮板着脸说。

"您忘了父王的嘱咐了吗？他曾要求你好好照顾我，在我成年后将我应得的归还给我啊！"太阳试图说服哥哥。

"我们白白养活了你这么多年，你不说回报我们，还想争夺财产，真是忘恩负义。"月亮的妻子说。

看到哥哥和嫂嫂的表现，太阳明白了，月亮根本就是想要独霸财产，还想要加害自己。

为了安全，太阳逃离了月亮的宫殿，来到了邻国。

为了不让月亮找到自己，太阳在这个国度隐姓埋名，靠自己的努力生活下去。

太阳先是为人砍柴，尽管他做得很好，但他认为这些都不是长久的事。很快，太阳就找到了另一份差事——为国王放羊。

尽管他没做过这样的事，但太阳腿脚勤快，对羊又格外关心。他总是能找到最好的草地来放羊，羊在他的悉心照料下都很肥壮。

一段时间后，细心的国王发现了这一点。

一天，国王无意中看到太阳在放羊。

"这就是最近招来为王宫放羊的小伙子吗？"国王问随从。

"是的，国王陛下。"随从回答说。

"他把羊养得又肥又壮，对待它们就像对待自己的朋友一样。"国王夸奖道。

随从将国王对太阳的夸奖告诉了太阳。

"谢谢你能来告诉我这些，能为国王放羊，我觉得很幸福。很感谢国王对我的赏识，愿陛下身体健康。"太阳笑着说。

随从又将太阳的话告诉了国王，国王听后十分高兴，觉得这个放羊的小伙子是个不一般的人。

随从的话也被美丽的公主听到了。这个国王只有这么一个女儿，她不仅生得美丽，而且还很善良。公主十分好奇，很想见见这个"不一般"的小伙子。

为了考验太阳，公主化装成乞丐来到他面前。

"能给我一些吃的吗？我已经饿了好几天了。"公主说道。

善良的太阳赶紧拿出自己的午饭，递了过去。

"如果你愿意，可以和我一起放羊，我会把我的饭和工钱分你一半，这样你就不会再挨饿了。"太阳提议说。

就这样，太阳收留了公主。可是几天后的一个早上，太阳起床后，发现乞丐不见了，为此他特意请了一天的假，去寻找乞丐，可找了一天也没找到。

第二天，太阳刚要出门，王宫里的侍卫便来找他，说是国王要召见他。

尽管第一次来见这个国度的国王，太阳还是表现得不卑不亢，虽然他穿着破旧的衣服，但他的王子气质仍然让他显得与众不同。

"你就是为我放羊的人吗？"国王威严地问道。

"是的，尊敬的陛下。"太阳回答说。

"听说你昨天请了一天的假?"国王接着问。

"因为我的一个朋友不见了，我很担心，所以想要找到她。"太阳答道。

"是什么样的朋友?"国王又问。

"是一个乞丐，我担心她离开我会挨饿受冻。"太阳有些担忧。

"你说的是我吗?"这时，公主从后面走出来，笑着问道。

"尊敬的公主殿下，我并不认识您啊!"太阳十分诧异。

"我的女儿为了证明你的为人，扮成乞丐去考验你的人品。你通过了考验，将成为我们最好的朋友。"国王亲切地笑着说。

听了国王的话，太阳惊讶得不知该说些什么，决定将自己的遭遇告诉国王。

听了太阳的故事，国王和公主都觉得很生气，表示要帮助太阳夺回他应有的一切。

太阳却并没有这样的想法，他认为如果哥哥能够爱护百姓，即便自己永远在这里放羊也心甘情愿。

见太阳没有报仇的意思，国王便想让他在自己的王国做官。可是太阳谢绝了国王的好意，只想好好地放羊。

太阳在邻国放羊的消息传到了月亮的耳朵，他和妻子感到了恐惧，认为太阳一定是要借助邻国的力量重新夺回属于自己的一切。

"我们一定要想办法除掉太阳。"月亮恶狠狠地说。

月亮派出了杀手去杀害太阳，可是杀手到邻国后，听到百姓们都称赞太阳的美德，还听说了太阳和月亮间的故事，觉得像太阳这样好的人，不应该被杀死，便没有执行任务。

得知杀手并没有执行任务，月亮气得大发雷霆。

"既然我们杀不了他，就让邻国的国王杀了他吧！"月亮的妻子说，然后和月亮密谋了一个陷害太阳的诡计。

太阳每天依然为国王放羊，可奇怪的是，他放的羊一只接一只地丢失了，并且他的门前总是有很大一块羊肉。

太阳非常纳闷，于是在晚上提高了警惕，但并没有发现什么异样，可羊却在一天天减少，他的门前也依旧会出现大块的羊肉。

无奈，太阳只好去向国王请罪。

"这一定是有人在背后捣鬼，我会安排卫兵守在你的住处，看看到底是怎么回事儿。"听了太阳的叙述，国王肯定地说。

当天晚上，士兵们就潜伏在太阳的住处附近。

夜渐渐深了，羊群中忽然出现一个黑影，那个黑影快速地抓了一只羊，然后就往外跑。

士兵们一起冲了出去，将那个偷羊贼抓住，并将他带到国王面前。在国王的审问下，这个偷羊贼终于说出了事情的真相。

　　原来，是月亮和他的妻子商量要将太阳放的羊偷走，然后再将羊肉放在太阳的住处，这样国王就会责怪太阳偷杀羊吃。要知道偷吃国王的羊是犯死罪的，国王一定会处死太阳。这就中了月亮和他妻子想出的诡计。

　　太阳并没有怪罪偷羊贼，还请求国王放了他。偷羊贼回到自己的王国后，将事情经过说给了月亮。月亮听后怒火中烧，决定发兵攻打邻国，逼迫国王交出太阳。

因为受了太阳的恩惠，偷羊贼在得知月亮的决定后，连夜跑到邻国，给太阳通风报信。

由于提前得知消息，国王很快集结了大批军队，还任命太阳为将军，带领军队迎战月亮。

太阳英勇善战，打得月亮节节败退，最后成了阶下囚。

大家认为应该处死月亮，可是太阳却不忍心，因为他毕竟是自己的亲哥哥。

为了让月亮受到应有的惩罚，太阳最终决定将月亮和他的妻子流放到天涯海角。

大家对太阳十分信服，都赞同他的做法。

太阳最终回到了自己的王国，成了一位年轻有为的国王，而邻国的国王也将美丽的公主嫁给了他。

在太阳的治理下，王国变得越来越富足，百姓安居乐业，太阳和公主也过着幸福美满的生活。

违背伦理的狐狸

　　从前，在山脚下的洞穴里住着一只违背伦理的狐狸。当它生出来的小狐狸快要成年时，就被它当作食物给吃掉了。

　　如果把小狐狸留在自己身边，让小狐狸成长下去，那它这个做母亲的就得活活饿死，为此，它伤透脑筋。

　　狐狸希望能有个两全其美的办法，既不挨饿，又能让自己的孩子活下来。

　　直到老年，狐狸也没有想出好办法。

　　一天，一只乌鸦扑棱着翅膀落在山顶，要在这座山上

生活下去。狐狸看见了，非常欢喜，一心想要和乌鸦成为
朋友。

狐狸拖着衰老笨重的身体转来转去，心里打着如意算
盘。

它越想越高兴，打定了主意。

狐狸用力把尾巴翘过了头顶，摇摇摆摆地走到乌鸦面
前。

"你好啊，朋友，我们住在一座山上，是最亲近的邻
居。我们之间有着让人无比珍惜的比邻之情。"狐狸放下尾
巴，招了招手说道。

乌鸦看了看狐狸，没作声。

狐狸斜着眼睛看着乌鸦，希望能得到肯定的回答。

"大家都说出自己内心的语言，才是最真实可靠、最可
信任的。我无法知道你是不是口是心非。再说，我是飞禽
你是走兽，生活习惯截然不同，怎么能成为朋友呢？我想
不明白你到底为什么要和我成为朋友。"乌鸦想了想说道。

"亲爱的，我第一眼看见你，就感觉你是我的老朋友。我知道几个关于友谊的故事，想讲给你，你愿意听吗?"狐狸耸了耸肩膀。

"好吧，你先讲来听听。"乌鸦看了看狐狸，然后说道。

"那就先讲跳蚤和老鼠的故事，这个故事足以证明我刚才说的话都是千真万确的。"狐狸笑了，转转眼珠儿，大声讲起来。

"一只老鼠住在一个富商家里，过着丰衣足食的生活。

"一天夜里，一只饿得快要发疯的跳蚤闯进了富商家，发现富商的身体既肥嫩又细腻，如果美美地饱餐一顿该是一件多么幸福的事！

"这只跳蚤用尽全身力气，蹦到了富商的被窝里，发现富商睡得正香，于是一口咬破他的皮肤，大口吮吸他的血液，把肚子都快撑裂了。

"富商被咬，痛痒难忍，从睡梦中爬起来。

"'快来人，快来人！'富商大喊道。

"仆人们闻声赶到，一个个卷起袖口开始抓跳蚤。跳蚤从一个仆人的手指缝里逃出来，又撞上了另一个仆人的鞋底，胆都吓破了。跳蚤慌乱之中蹦到老鼠洞里，算是找到了一个暂时的藏身之地。

"'哎，吓死了！'跳蚤摸了摸胸口说道。

"此时，老鼠正仰面休息，对这个不速之客很不欢迎。

"'你和我既不同族，又不同类，却跑到我的家里来，

你注定会是一个倒霉蛋儿，我要用暴力将你驱赶出去。'老鼠撇着嘴，接着翻过身来要对跳蚤下手。

"'求求你，暂时让我躲避一下吧，只有这样我才能活命。我不会住很长时间，我会回报你的。'跳蚤哀求道。

"听了跳蚤的话，老鼠同意让它住下来。

"'我可以保证你在这儿住得安全，只要我不出意外，你绝对不会遇险。但你不能因为从富商身上只吸取少量的血液而感到惋惜。你应该对现在这种简陋的生活满足。只有这样，你的安全才能有最大限度地保证。'老鼠缓和了语气对跳蚤说道。

"老鼠给跳蚤讲了一位诗人简朴生活的故事。跳蚤听后，非常感动，连声表明自己坚决服从老鼠，遵照老鼠的指示做事。

"从此，老鼠和跳蚤成了最要好的朋友。它们总是白天躲着，晚上出来。跳蚤每天都悄悄地蹦到富商的被窝里，轻松地从他身上吮吸少量的血液维持生活，从来不敢违背

老鼠的忠告。

　　"一天晚上，老鼠被叮叮当当的银币声弄醒。它发现富商正在清点银币，并把数过的银币藏在枕头下面，然后关灯睡去。

　　"'哎，这是一个多么难得的好机会！我们就要发大财喽。快点儿想办法，把那些银币都弄到我们家里来吧。'老鼠盯着银币，起了坏心思。

"'可是我的力气太小了，没有足够的力量来做这件事情，弄不好我还会丢掉性命。'跳蚤低声说道。

"'难道你忘记当初说过的话了吗?'老鼠有些生气。

"跳蚤连忙答应按照老鼠的话去做。

"'我找到一处最安全的地方，那可以放置所有银币。为了逃跑方便，我在这间屋子里打了七个出口，随时可以溜走，你只需想个办法把商人弄出屋子就可以了。'老鼠说。

"跳蚤拍着胸脯，让老鼠放心。

"跳蚤一跃，钻到富商被窝里，狠狠地咬了富商的屁股，然后退到安全地方躲了起来。

"富商从梦中惊醒，打开了灯却不见跳蚤的踪影，只好翻个身又呼呼睡去。

"跳蚤再一次钻进被窝，使出全身力气又狠狠地咬了富商的胳膊。富商烦急了，无心睡眠，索性离开卧室，躺在门前的长凳上过夜。

"老鼠趁机把富商枕下的银币统统搬进了洞。

"第二天清晨富商醒来，以为银币被小偷给偷走了，只好自认倒霉。这世界上最有眼光的乌鸦啊，你一定听明白了我的意思。你有恩于我，我会像跳蚤报答老鼠那样加倍地报答你。"狐狸歪着头对乌鸦说道。

"早就知道你是欺骗成性的家伙，据说前段时间你把野狼都骗出来弄死了。你和我做朋友，不是又有什么损人利己的坏点子吧？这卑鄙的行为，跟雀鹰与小鸟儿的交往没什么区别。"乌鸦不相信狐狸的花言巧语。

"哦，我倒想听听雀鹰与小鸟儿的故事。"狐狸看着乌鸦。

"一只专靠捕食小鸟儿为生的雀鹰，壮年时非常强悍，小鸟儿们都难逃它的魔爪。可到了晚年，这只雀鹰力气衰退，经常饿着肚子。于是，它摇身一变，装作可怜的样子，用亲善作幌子骗取小鸟儿的信任，在小鸟儿毫无防备的情况下一口吃掉它们。"乌鸦给狐狸讲起了故事。

"你和雀鹰多么相似！虽然你现在老得力不从心，但我看出你的手段还是那么恶毒。你要求与我结成最深厚的友谊，我怀疑这是你的计谋，我是不会上当的。"讲完雀鹰和小鸟儿的故事，乌鸦又对狐狸说道。

狐狸听完，用手抓了抓腮，嘴张得老大，却没有说出一句话，只是"啊"了一声。

"我的翅膀多么强健，我可以远走高飞；我的理智多么清醒，我能警惕一切坏人；我的眼光多么敏锐，我能查清所有事物的原因和结果……你呀，一定会走和小麻雀一样的路，那可真是自取灭亡。"乌鸦拍拍翅膀，露出得意的神情。

"小麻雀栽了什么跟头，快告诉我。"狐狸回过神儿来，对乌鸦说。

乌鸦又讲起了小麻雀的故事。

"一只小麻雀从羊栏上空飞过，看见绵羊挤在一起，出出进进。小麻雀特别感兴趣，停在羊栏的一个桩上看热闹。

　　"突然，一只强健的雀鹰像闪电一样从高空冲到羊栏里，用它的利爪一把抓住一只初生的羊羔，转眼逃得不见踪影。

　　"雀鹰掠夺小羊的情景被小麻雀看得一清二楚，心里羡慕极了，暗下决心也要像雀鹰那样干一回。

　　"小麻雀打定了主意，盯准一只肥肥胖胖的绵羊就飞了过去，使劲儿抓着羊毛，然后震动翅膀，想一下子带着绵

羊飞起来。

"可是，小麻雀的爪子太小了，没法抓住羊毛。更糟糕的是，那只绵羊的身体被脏兮兮的粪便浸湿了，羊毛硬硬地粘在了一块儿，反倒把小麻雀的爪子绊住了。小麻雀越挣扎，被缠得越结实。

"牧羊人眼睁睁地看着雀鹰把刚出生不久的小羊羔掠走，怒火中烧。这时，他又发现小麻雀正在羊群里捣乱，便一把逮住小麻雀，一口气拔光了它翅膀上的羽毛。

"'自投罗网的小毛贼，居然模仿能力强大的雀鹰，真是不知道天高地厚。'牧羊人指着小麻雀说道。"乌鸦讲完故事，昂起了头。

听完小麻雀和雀鹰的故事，狐狸翻了翻白眼。

"你就是那只小麻雀，学坏是你的本性，劝你千万不要再自讨苦吃。"乌鸦警告狐狸。

狐狸见乌鸦根本不信任它，坏主意没得逞，气得直发抖。

　　"你比我还要奸诈和阴险，这是我最受不了的事情。"狐狸露出了它的真面目。

　　狐狸恶狠狠地说完，掉过头去，夹着尾巴回家了。